DESSINS & AQUARELLES

PAR

GUSTAVE DORÉ

DESSINS & AQUARELLES

PAR

GUSTAVE DORÉ

DONT LA VENTE AURA LIEU

HOTEL DROUOT, SALLE N° 1

Le Samedi 22 Mai 1875

A DEUX HEURES

Par le ministère de Mᵉ CHARLES PILLET, Commissaire-Priseur,
10, rue de la Grange-Batelière,

Assisté de M. DURAND RUEL, Expert, 16, rue Laffitte.

Chez lesquels se trouve le présent Catalogue.

EXPOSITIONS

PARTICULIÈRE		PUBLIQUE
Le Jeudi 20 Mai 1875		Le Vendredi 21 Mai 1875

DE UNE HEURE A CINQ HEURES.

CONDITIONS DE LA VENTE

Elle sera faite au comptant.

Les adjudicataires payeront *cinq pour cent* en sus des enchères.

Paris. — Imprimerie Pillet fils aîné, rue des Grands-Augustins, 5.

L'œuvre de **M. Gustave Doré** étant connu dans le monde entier, ce serait prendre un soin bien superflu que de vouloir analyser ici le talent du maître. Nous ne commettrons point cette faute.

Notre rôle doit se borner à préciser le caractère d'un événement artistique aussi considérable que la mise en vente de dessins de M. Gustave Doré.

On pourrait croire, en effet, que les dessins d'un artiste qui, dans son infatigable activité, a fourni en vingt années la carrière que chacun sait, sont répandus en nombre incalculable dans les collections d'amateurs de tous les pays.

La méprise serait grande.

Il n'est rien de plus rare, au contraire, qu'un dessin de Gustave Doré.

Cette rareté est la conséquence rigoureuse et fatale de l'immense publicité donnée à son œuvre.

Une telle publicité ne pouvait être obtenue que par les moyens de reproduction mis à la disposition des artistes par le plus populaire des procédés de gravure : la *gravure sur bois*.

Or, personne n'ignore que l'artiste trace son dessin directement sur le bloc de bois destiné à être gravé. De toute nécessité, le graveur substitue une *taille* à chacun des traits de plume ou de crayon qui sont placés sous ses yeux. Son travail a donc pour conséquence d'anéantir en totalité le dessin original.

Voilà qui explique suffisamment pourquoi les dessins de M. Gustave Doré sont rarissimes.

En dehors de ceux qui ont été réunis ici, il n'en existe peut-être pas cinquante.

Cela seul nous autoriserait à dire que cette vente est un événement d'une importance capitale pour les amateurs.

DÉSIGNATION

---

1 — Les Soldats du Christ.

Haut., 47 cent.; larg., 30 cent.

2 — Jésus portant sa croix.

Haut., 56 cent; larg., 82 cent.

3 — L'Ange gardien.

Haut., 45 cent.; larg., 35 cent.

4 — Le Néophyte.

Haut., 55 cent.; larg., 70 cent.

5 — L'Érection de la Croix.

Haut., 60 cent.; larg. 80 cent.

6 — Tête de Jésus.

Haut., 58 cent.; larg. 45 cent.

7 — Roland.

Haut., 50 cent.; larg., 65 cent.

8 — Le Cercle de feu (souvenir de la guerre de 1870).

Haut., 64 cent.; larg., 100 cent.

9 — L'Angoisse (souvenir de la guerre de 1870).

Haut., 56 cent.; larg., 70 cent.

10 — Les Enrôlements volontaires.

Haut., 43 cent.; larg., 34 cent.

11 — Les Casemates (souvenir de la guerre 1870-71).

Haut., 55 cent.; larg., 72 cent.

12 — La Forteresse des Hautes-Bruyères.

Défense de Paris, 1870.

Haut., 68 cent.; larg., 95 cent.

13 — Le Bastion du Point-du-Jour.

Siége de Paris, 1870.

Haut., 70 cent.; larg., 95 cent.

14 — Troupeaux de moutons parqués dans le Bois de Boulogne.

Souvenir du Siége de Paris.

Haut., 65 cent.; larg., 97 cent.

15 — Un Campement d'infanterie dans le Bois de Boulogne.

Souvenir du Siége de Paris.

Haut. 56 cent.; larg., 70 cent.

16 — Un relai d'artillerie près du fort de Montrouge.

Siége de Paris.

Haut., 00 cent., larg., 00 cent.

17 — La Marseillaise.

Haut., 70 cent.; larg., 94 cent.

18 — Une Ambulance en Crimée.

Dessin daté de 1855.

Haut., 38 cent.; larg., 55 cent.

19 — Les Éclaireurs Franchetti.

Siége de Paris.

Haut., 55 cent.; larg., 90 cent.

20 — Le Drapeau.

Haut., 50 cent.; larg., 40 cent.

21 — L'Invasion.

Haut., 14 cent.; larg., 17 cent.

22 — L'Alsace.

Haut.. 40 cent.; larg., 30 cent.

23 — Les Fées.

Haut., 55 cent.; larg., 88 cent.

24 — Les Titans.

Haut., 36 cent.; larg., 62 cent.

25 — Les Farfadets.

Haut., 44 cent.; larg., 78 cent.

26 — Les Chartreux.

Haut., 40 cent.; larg., 60 cent.

27 — Dante et Virgile visitant les Enfers.

Haut., 30 cent.; larg., 45 cent.

28 — Le Sabbat.

Haut., 58 cent.; larg., 43 cent.

29 — Le Juif-Errant.

Haut., 58 cent.; larg., 43 cent.

30 — Le Duel.

Haut., 45 cent.; larg., 35 cent.

31 — Les Géants.

Haut., 50 cent.; larg., 40 cent.

32 — Les Troubadours.

Haut., 42 cent.; larg., 32 cent.

33 — Les Soudards.

Haut., 25 cent.; larg., 20 cent.

34 — Un Héros.

Haut., 40 cent.; larg., 02 cent.

35 — Enfance de Pantagruel.

Haut., 30 cent.; larg., 45 cent.

36 — Le Château de la Belle au bois dormant.

Haut., 35 cent.; larg., 42 cent.

37 — Les Truands.

Haut., 16 cent.; larg., 24 cent.

460.

38 — Philémon et Baucis.

Haut., 24 cent.; larg., 18 cent.

580.

39 — Le Petit Poucet.

Haut., 42 cent.; larg., 32 cent.

40 — Les Gardiens du Palais de la Quinte-Essence (Pantagruel).

Aquarelle sur bois.

Haut., 24 cent.; larg., 20 cent.

450.

41 — Les Ours.

Haut., 60 cent.; larg. 48 cent.

550.

42 — L'Invincible.

Scène de chevalerie.

Haut., 41 cent.; larg., 32 cent.

920.

43 — Entrée de Gargantua à Paris.

Haut., 35 cent.; larg., 50 cent.

560.

44 — Panurge.

Haut., 30 cent.; larg., 45 cent.

45 — Jeunesse de Gargantua.

Haut., 30 cent.; larg., 45 cent.

46 — Les Noces de Gamache.

Haut., 40 cent.; larg., 60 cent.

47 — Don Quichotte et Sancho.

Épisode des muletiers.

Haut., 18 cent.; larg., 35 cent.

48 — Don Quichotte et Sancho.

La retraite.

Haut., 18 cent.; larg., 35 cent.

49 — Le Libérateur.

Haut., 28 cent.; larg., 36 cent.

50 — Le Renard et les Raisins.
Dessin sur bois.

Haut., 24 cent.; larg., 18 cent.

51 — Le roi Gaster.

Tiré de Rabelais. Dessin sur bois.

Haut., 25 cent.; larg., 20 cent.

400. 52 — Marguerite.

Dessin sur bois.

Haut., 25 cent.; larg., 20 cent.

440. 53 — Le Pas difficile.

Haut., 45 cent.; larg., 35 cent.

170. 54 — Les Landes (environs d'Arcachon).

Haut., 50 cent.; larg., 40 cent.

620. 55 — Le Mont Saint-Michel.

Haut., 55 cent.; larg., 40 cent.

595. 56 — L'Ile de Césambre, près Saint-Malo.

Haut., 40 cent.; larg., 62 cent.

580. 57 — Saint-Malo.

Vue du fort Royal.

Haut., 40 cent.; larg., 62 cent.

700. 58 — Une grande marée à Saint-Malo.

Haut., 40 cent.; larg., 62 cent.

59 — Les Naufragés.

Haut., 35 cent.; larg., 28 cent.

60 — Un Relai de cerfs.

Montagne d'Aberdeenshire (Écosse).

Haut. 40 cent.; larg. 50 cent.

61 — Paysage (souvenir d'Écosse).

Haut., 40 cent.; larg., 50 cent.

62 — Environs de Saint-Malo.

Haut., 40 cent.; larg., 62 cent.

63 — Le Soir au bord de la mer.

Haut., 40 cent.; larg., 62 cent.

64 — L'Automne (étude prise dans la forêt de Sèvres).

Haut., 40 cent.; larg., 50 cent.

65 — Souvenir du Tyrol (environs d'Aussée.)

Haut., 40 cent.; larg., 55 cent.

66 — Le lac Lhomond (Écosse).

Haut., 50 cent.; larg., 65 cent.

67 — Paysage des environs de Greenoch (Écosse).

Haut., 50 cent.; larg., 65 cent.

68 — Paysage (vallée de Braemar, Écosse).

Haut., 32 cent.; larg., 45 cent.

69 — Les Iles du Rhin, près de Strasbourg.

Haut., 16 cent.; larg., 40 cent.

70 — Femmes de Saint-Malo.

Haut., 30 cent.; la g., 40 cent.

71 — La Puerta de Sarmental, à Burgos.

Haut., 60 cent.; larg., 42 cent.

72 — Les Pobres de la Solennidad, à Burgos.

Haut., 26 cent ; larg., 60 cent.

73 — Les Joueurs de boule à Valence.

Haut., 16 cent.; larg., 50 cent.

74 — Paysans asturiens.

Haut., 48 cent.; larg., 32 cent.

75 — L'Espada.

Haut., 50 cent.; larg., 40 cent.

76 — Le Grand derby.

Haut., 98 cent.; larg., 73 cent.

77 — Le Retour du derby.

Haut., 98 cent.; larg., 73 cent.

78 — Douze dessins (scènes de la vie anglaise).

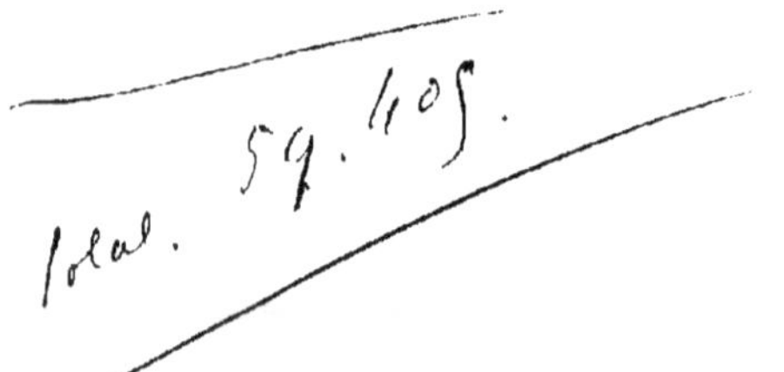

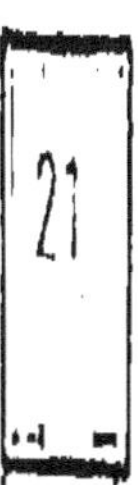

MIRE ISO N° 1
NF Z 43-007
AFNOR
Cedex 7 - 92080 PARIS-LA-DEFENSE

graphicom

BIBLIOTHEQUE

NATIONALE

DE FRANCE

****

CHATEAU

DE

SABLE

1995